LES AVENTURES DE

Beekle

L'ami *inimaginaire*

Dan Santat

Texte français d'Isabelle Montagnier

Éditions
SCHOLASTIC

Il existe une île lointaine sur laquelle les amis imaginaires sont créés. C'est là qu'ils vivent et jouent en attendant impatiemment d'être imaginés par un vrai enfant.

Chaque nuit, l'un d'entre eux attend sous les étoiles, espérant être choisi par un enfant qui lui donnera un nom bien à lui.

Il attend nuit après nuit.

Mais son tour ne vient jamais.

Il pense à toutes les choses formidables qui empêchent
sans doute son ami de l'imaginer.

Alors au lieu d'attendre...

il fait quelque chose d'inimaginable.

Il navigue dans des eaux inconnues
et affronte de nombreux dangers.

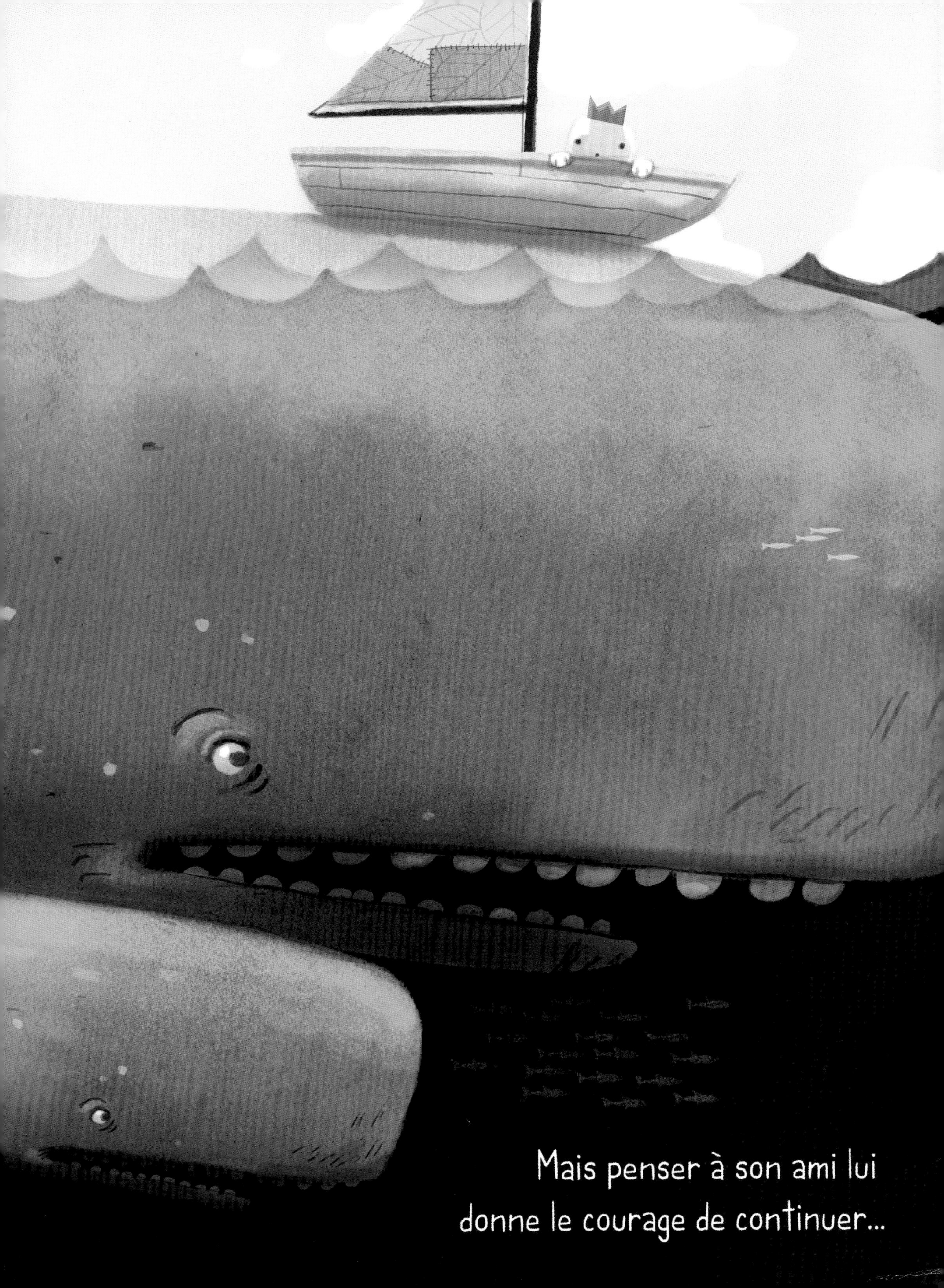

Mais penser à son ami lui
donne le courage de continuer...

et il arrive enfin dans le monde réel.

Le monde réel est un endroit bizarre.
Aucun enfant ne mange de gâteau.

Personne ne s'arrête pour écouter les musiciens.

Et tout le monde a besoin de faire la sieste.

Il finit par voir un personnage qui lui semble familier...

alors il le suit.

Cet endroit lui fait bonne impression.

ais il a beau regarder partout,
il ne trouve
pas son ami.

Il grimpe tout en haut d'un arbre et regarde au loin, espérant voir son ami arriver.

Mais personne ne vient.

Il pense à toute la distance qu'il a parcourue et à l'attente interminable. Une profonde tristesse l'envahit.

Puis il entend un bruit en bas.

Son visage est amical et familier et elle a un je-ne-sais-quoi qui le met à l'aise.

Au début, ils ne savent pas trop quoi faire.

Ils n'ont jamais eu d'ami auparavant.

Mais...

au bout d'un moment...

ils se rendent compte

qu'ils sont faits l'un pour l'autre.

Beekle et Alice vivent de nombreuses aventures.

Ils partagent leurs collations.

Ils se racontent des blagues.

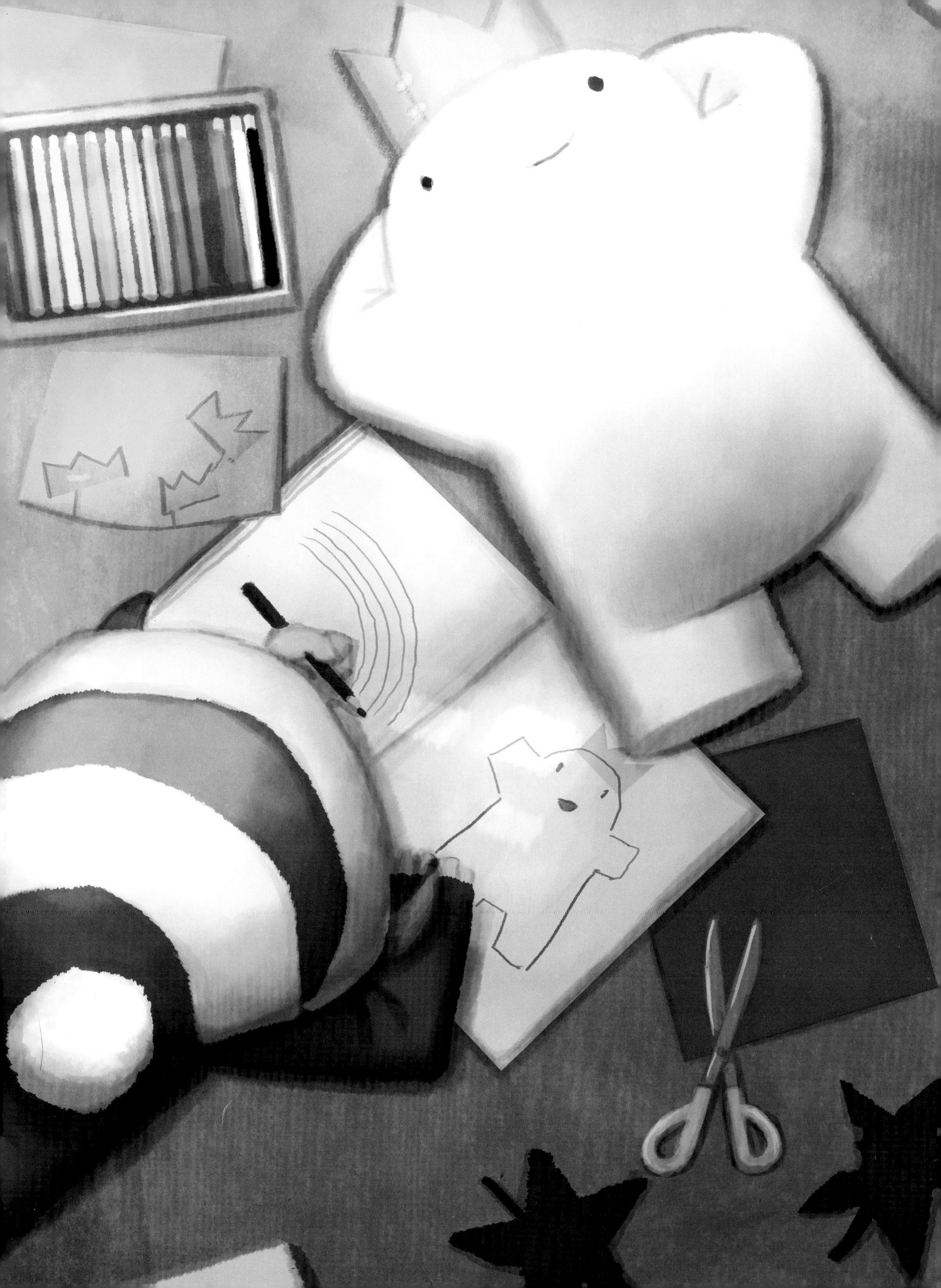

Le monde semble un peu moins bizarre.

Et ensemble, ils font quelque chose d'inimaginable.

Pour Alek

AU SUJET DE CE LIVRE :

La version anglaise de ce livre a été éditée par Connie Hsu et conçue par David Caplan.
La production a été supervisée par Erika Schwartz. La directrice de la production était Christine Ma.

Les illustrations ont été réalisées au crayon, aux crayons de couleur, à l'aquarelle, à l'encre et avec Adobe Photoshop.

David et Connie

Catalogage avant publication de Bibliothèque et Archives Canada

Santat, Dan
[Adventures of Beekle. Français]
Les aventures de Beekle : l'ami inimaginaire / Dan Santat ; texte français d'Isabelle Montagnier.

Traduction de : The adventures of Beekle.
ISBN 978-1-4431-4031-7 (couverture souple)

I. Titre. II. Titre: Adventures of Beekle. Français.

PZ23.S245Ave 2015 j813'.6 C2015-903319-5

Édition publiée par les Éditions Scholastic, 604, rue King Ouest, Toronto (Ontario) M5V 1E1 avec la permission de Little, Brown Books for Young Readers.

5 4 3 2 1 Imprimé au Canada 114 15 16 17 18 19

« Beekle! »
— Alek, 1 an